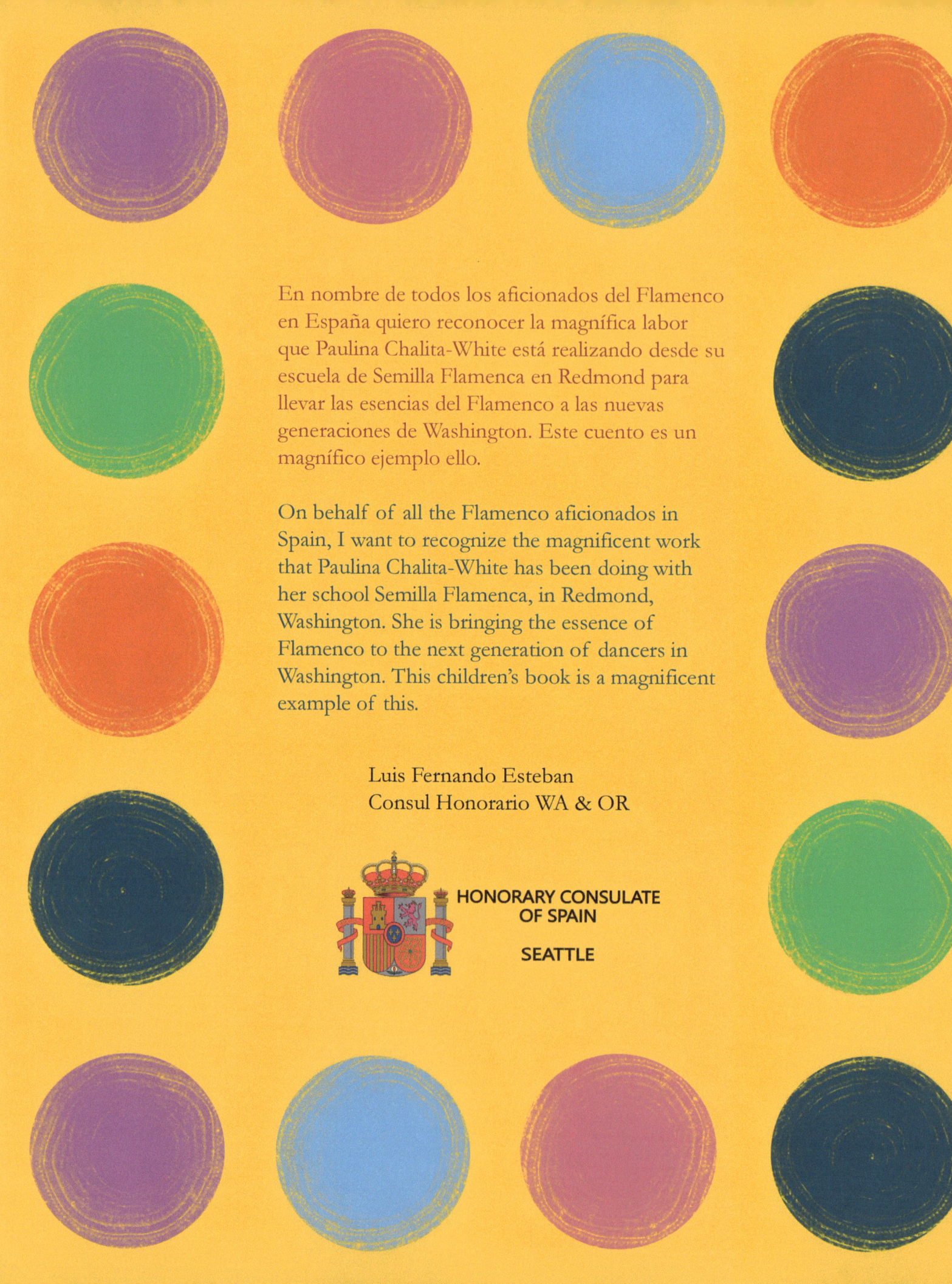

En nombre de todos los aficionados del Flamenco en España quiero reconocer la magnífica labor que Paulina Chalita-White está realizando desde su escuela de Semilla Flamenca en Redmond para llevar las esencias del Flamenco a las nuevas generaciones de Washington. Este cuento es un magnífico ejemplo ello.

On behalf of all the Flamenco aficionados in Spain, I want to recognize the magnificent work that Paulina Chalita-White has been doing with her school Semilla Flamenca, in Redmond, Washington. She is bringing the essence of Flamenco to the next generation of dancers in Washington. This children's book is a magnificent example of this.

Luis Fernando Esteban
Consul Honorario WA & OR

HONORARY CONSULATE OF SPAIN

SEATTLE

Prologue  Prólogo

Con una tremenda sencillez pero también con mucha riqueza divulgativa, "Elena Baila Flamenco" no solo hará que el niño disfrute por el placer que implica verse envuelto en una historia, sino que despertará su curiosidad por este arte, por la danza y la música en general, despertando su lado más creativo y artístico.

La literatura infantil es fundamental en el desarrollo psicoevolutivo de los niños, por la trascendencia que tiene en el desarrollo afectivo, social y motor tan importantes desde edades tempranas. Este cuento conecta a los niños con una cultura rica y amada en todo el mundo: El Flamenco. Bailaores, cantaores y guitarristas están presentes en una historia en la que entretenerse y cultivarse. Mientras existan los pequeños lectores de hoy y de mañana, el Flamenco crecerá y se mantendrá con vida fuera y dentro de las fronteras en las que nació.

With a tremendous humbleness but with great revealing richness, in "Elena Dances Flamenco", readers will not only enjoy seeing themselves in this story, but also, it will stir their curiosity for this type of art, for dance, and for music, as well as help awaken their most creative and artistic side. Literature for kids is a key in their emotional, social, and creative development and is especially important at young ages. This book connects children with a rich and world beloved culture: Flamenco. Flamenco dancers, singers and guitarists are part of this entertaining and cultural enriching story. As long as little readers exist today and tomorrow, Flamenco will grow and will be kept alive both inside and outside of the borders were it was born.

Begoña Fernandez Pellicer
Fundación Conservatorio Flamenco Casa Patas

For my 3
little duendes;
Owen, Ori and Zuzu.
To every single one of my
students, you make this
adventure possible.
P.C.W.

Para
mis duendes;
Owen, Ori, Zuzu
y a cada un@ de mis
alumn@s que hacen
que esta aventura
sea posible.
P.C.W.

A mis
compañeros
de baile que
siempre me
hacen sonreir.
A.M.M.

To my
dance partners
that always make
me smile.
A.M.M.

Lo Bailado Nadie nos lo Quita

Elena Dances Flamenco
Elena Baila Flamenco

Written by / Escrito por Paulina Chalita White

Illustraded by / Ilustrado por Adriana Morales Marín

The alarm clock goes off and I jump out of bed before the third ring.
Today, I am going to my best friend's house! Her name is Elena.

El despertador suena y yo brinco de la cama antes del tercer ring.
Hoy voy a ir a casa de mi mejor amiga. Su nombre es Elena.

We don't really have any plans. We just like to talk, play in her backyard, and ride our bikes.

No tenemos nada planeado, nos gusta platicar, jugar en su jardín y andar en bicicleta.

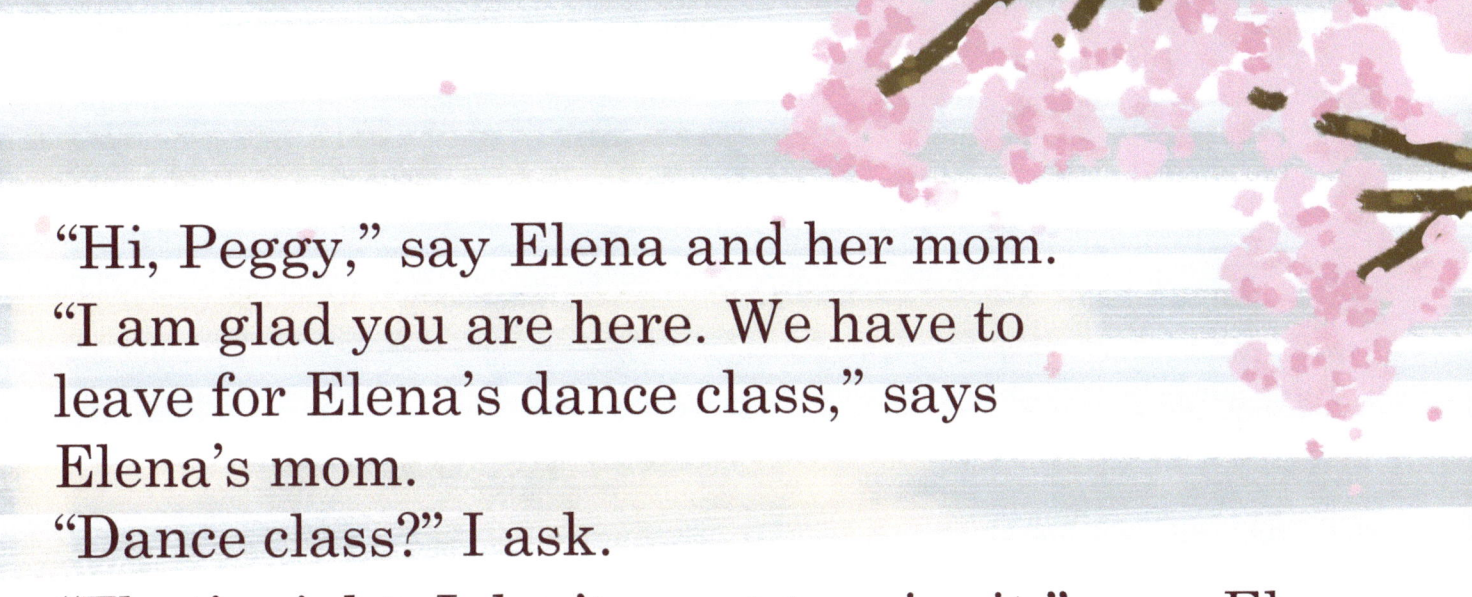

"Hi, Peggy," say Elena and her mom.
"I am glad you are here. We have to
leave for Elena's dance class," says
Elena's mom.
"Dance class?" I ask.
"That's right. I don't want to miss it," says Elena.

—Hola, Peggy— me saludan Elena y su mamá.
—Qué bien que ya estás aquí, tenemos que
irnos a la clase de baile de Elena— dice la
mamá de Elena.
—¿Clase de baile?— le pregunto.
—Así es, no quiero faltar— contesta Elena.

We arrive at the dance school.
Elena sits down and starts getting ready.
Some students are putting on skirts with polka dots and ruffles... and shoes with heels!

Cuando llegamos a la escuela de baile, Elena se sienta y se prepara. Algunos alumnos se ponen faldas con lunares y volantes y... ¡zapatos con tacones!

Other students are wearing fancy black
boots, also with heels.
Dance class?
This is not at all what I imagined.
I am so curious now.

Otros alumnos usan botines negros.
¿Clase de baile?
Esto no es para nada lo que imaginaba.
¡Ahora siento mucha curiosidad!

The students rush into the classroom.
I stand at a window and peek inside.
I want to see what this is all about.

Los alumnos se apresuran para
entrar al salón. Yo me paro al lado de
la ventana desde donde puedo ver al
interior, quiero descubrir de qué se
trata todo esto.

The music starts and all the
students begin their warm ups.
I love the bubbly music, it makes
me want to dance!
...But I don't understand the words.
Elena's mom sees my puzzled face and says,
"That song is in Spanish."

La música comienza y los
alumnos empiezan a calentar.
¡Esos sonidos alegres me hacer querer bailar
también! Aunque en realidad no entiendo
lo que dice la canción.
La mamá de Elena ve mi cara tratando
de adivinar y me dice:
—Esa canción está en español—.

Now the kids are holding something black
in their hands. They look like wooden
seashells tied together.
The students move their fingers, filling the
room with wonderful clickety-clack sounds.
I look at Elena's mom, my eyebrows high.
She smiles. "Those are called castanets.
They let you make music with your fingers
while you dance."

Ahora los niños sostienen algo negro en
sus manos, parecen como conchitas negras
amarradas a sus dedos. Cuando
comienzan a moverles, el salón se llena
con un sonido así:
—pi-ta-ria-ria, pi-ta-ria-ria...—
Sorprendida, volteo a ver a la mamá de
Elena, ella me sonríe y me dice
—Esas se llaman castañuelas, con ellas
puedes tocar música mientras bailas—.

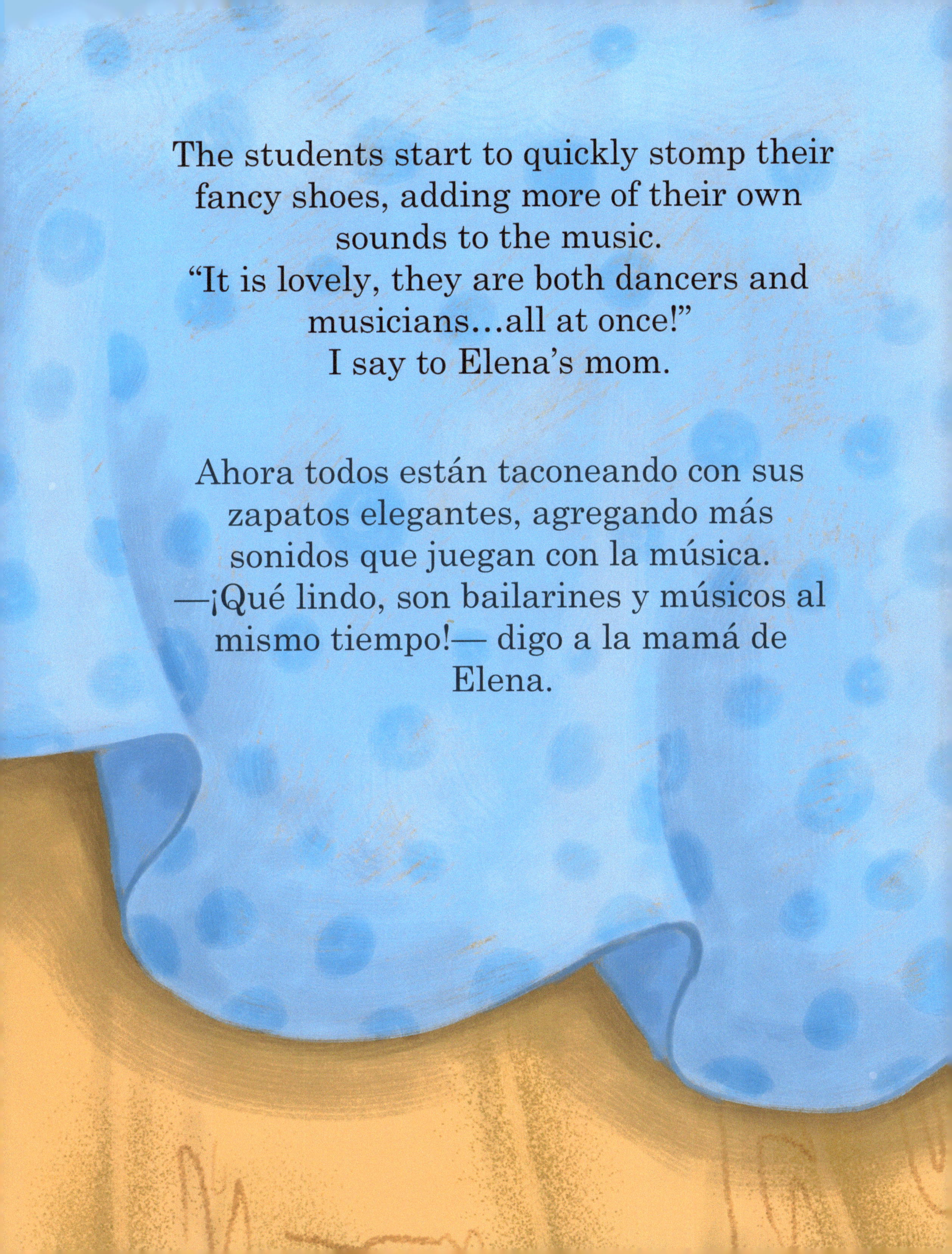

The students start to quickly stomp their
fancy shoes, adding more of their own
sounds to the music.
"It is lovely, they are both dancers and
musicians...all at once!"
I say to Elena's mom.

Ahora todos están taconeando con sus
zapatos elegantes, agregando más
sonidos que juegan con la música.
—¡Qué lindo, son bailarines y músicos al
mismo tiempo!— digo a la mamá de
Elena.

At the end of the song,
the dance teacher sees my face
pressed up against the
classroom window.
She smiles and waves for me
to come in.

Al final de la canción, la
maestra nota mi cara pegada a
la ventana del salón.
Ella me sonríe y me invita a
pasar.

"Mrs. Pilar, this is my dear friend Peggy!" Elena tells the teacher. "Hi Peggy, I am Mrs. Pilar, welcome to the class", the teacher says.

—Maestra Pilar, ella es mi querida amiga Peggy— le dice Elena a su maestra.
—Hola Peggy, yo soy la maestra Pilar.
—Bienvenida a esta clase— dice la maestra.

"Do you know flamenco?" Mrs. Pilar asks.
"Flamingo?" I think of the funny pink birds.
Some of the kids giggle.
The teacher looks around the room.
"Can anyone tell our new friend Peggy what
flamenco dance is?"

—¿Sabes lo que es el Flamenco?— pregunta
la maestra.
—¿Flamingo?— digo, mientras pienso en
esas simpáticas aves rosadas y escucho
a algunos niños reírse.
La maestra voltea alrededor del salón y
pregunta: —¿Alguien le puede decir a
nuestra nueva amiga Peggy lo que es
el baile Flamenco?—

"I can!" says a girl with long black hair. "Thank you, Rosa," says the teacher. Rosa steps forward, puts her hands together and closes her eyes, like she is trying to remember something hard.

—¡Yo puedo!— dice una niña con cabello negro y largo. —Gracias, Rosa— dice la maestra. Rosa da unos pasos adelante, junta sus manos y cierra los ojos, como si estuviera tratando de recordar algo muy difícil.

"Flamenco is a traditional Spanish
dance that is very expressive."
Her eyes open and she says
with a smile,
"Expressive means full of feeling."
And she winks.

—El Flamenco es un baile tradicional
de España que es muy expresivo...—
Abre sus ojos y agrega con una
gran sonrisa:
—Expresivo significa lleno de
sentimiento— y hace un guiño.

España

Spain

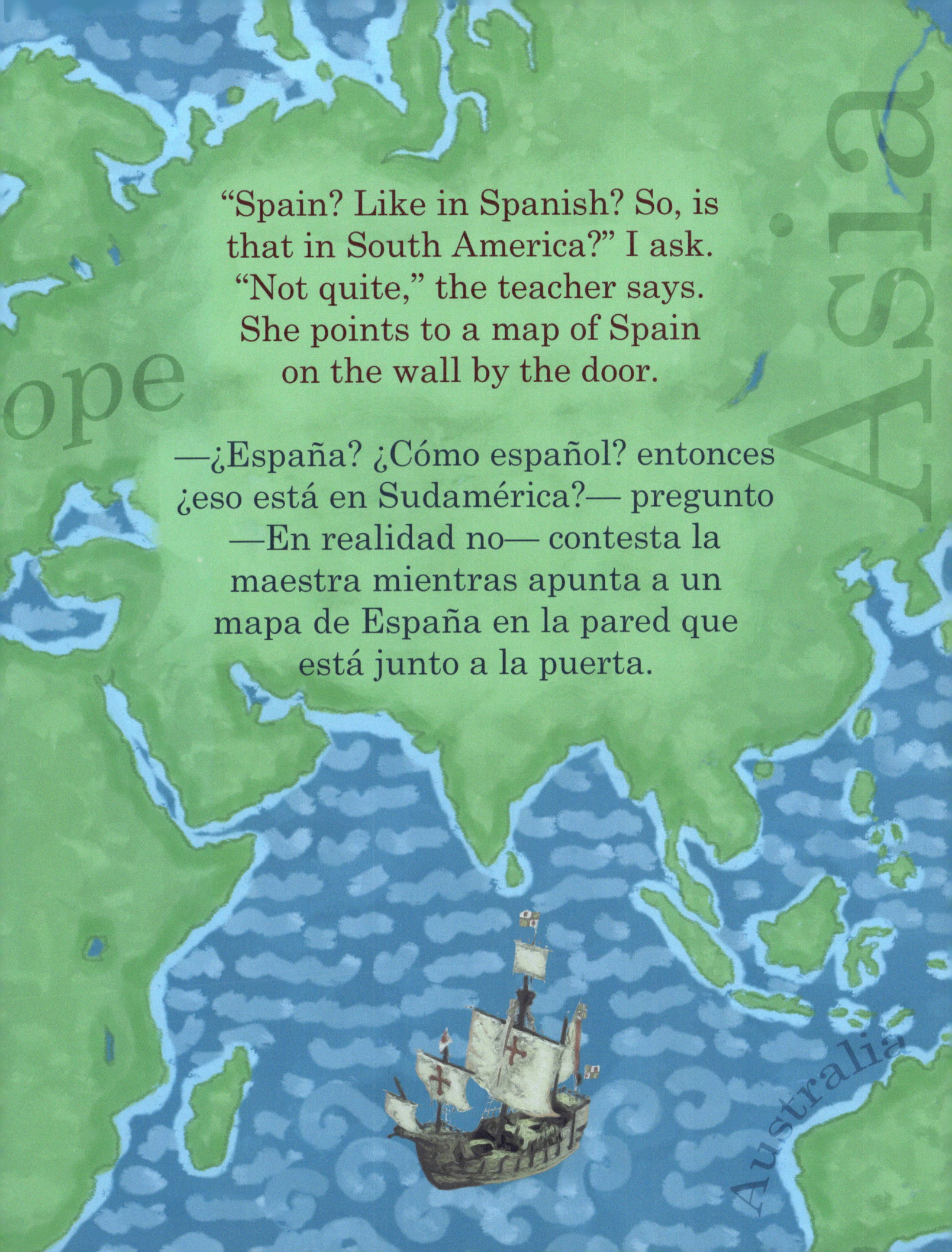

"Spain? Like in Spanish? So, is
that in South America?" I ask.
"Not quite," the teacher says.
She points to a map of Spain
on the wall by the door.

—¿España? ¿Cómo español? entonces
¿eso está en Sudamérica?— pregunto
—En realidad no— contesta la
maestra mientras apunta a un
mapa de España en la pared que
está junto a la puerta.

Rosa continues,
"Flamenco dance has sharp movements
that follow passionate music and
emotional singing".

"The beat is very important. It
is what ties the dancers, the
musicians, and the singers all together,"
adds Mrs. Pilar.

Rosa continua,
—...Los movimientos del
Flamenco son muy marcados y siguen
a la música apasionada
y cante profundo.

—El compás es muy importante, es lo
que une todo, el baile, el cante y la
música— agrega la maestra Pilar.

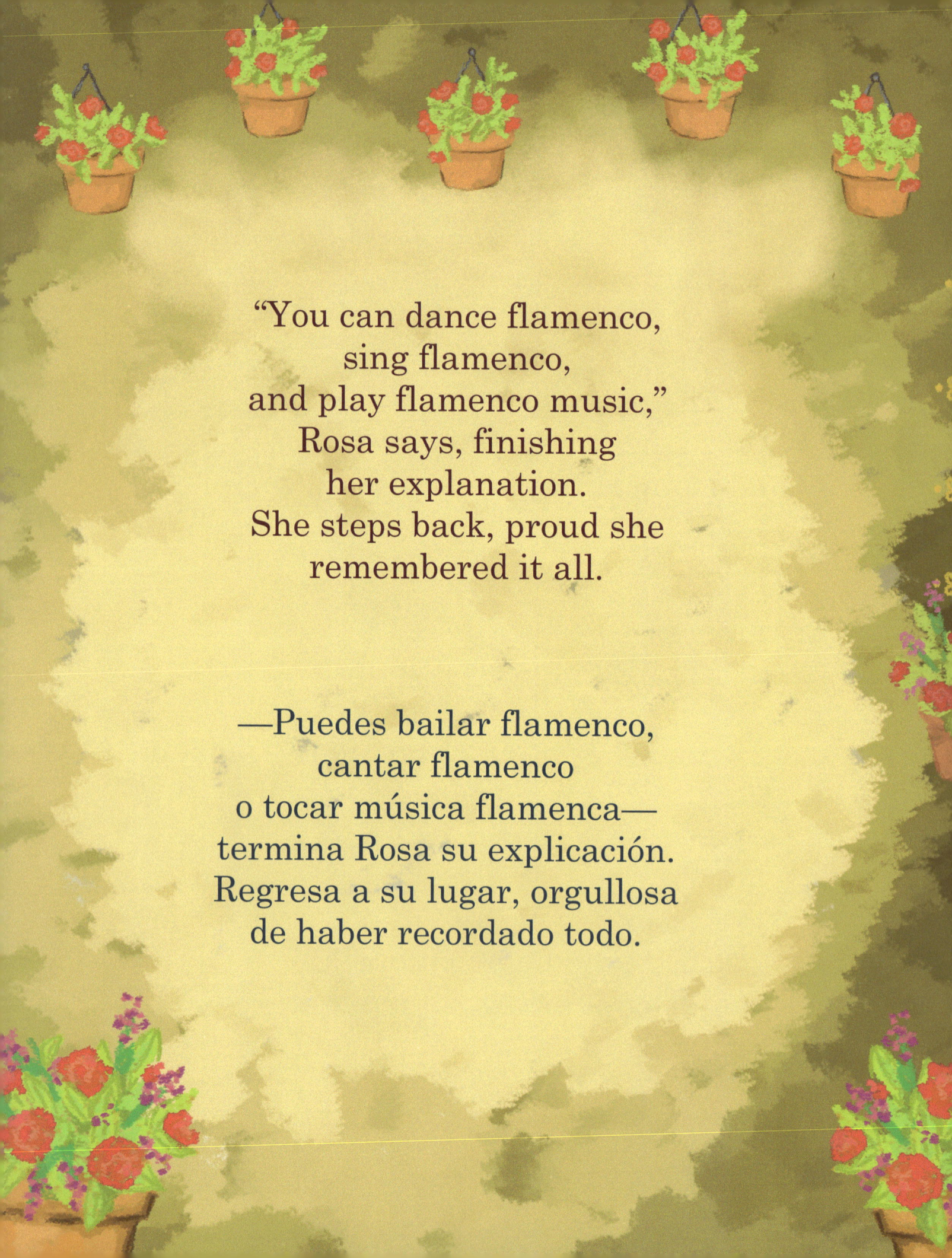

"You can dance flamenco,
sing flamenco,
and play flamenco music,"
Rosa says, finishing
her explanation.
She steps back, proud she
remembered it all.

—Puedes bailar flamenco,
cantar flamenco
o tocar música flamenca—
termina Rosa su explicación.
Regresa a su lugar, orgullosa
de haber recordado todo.

Why don't we give our friend a show?"
Mrs. Pilar moves a chair and points
for me to sit down.
I have a super front row seat.
I smile at Elena. She makes a goofy
face at me and smiles back.

—¿Qué les parece si hacemos una
pequeña presentación para
nuestra amiga?—
La maestra Pilar me acerca una
silla para que me siente.
Ahora tengo un súper asiento
en primera fila.
Le sonrío a Elena y ella me devuelve
el gesto con una mueca traviesa.

The music starts up again.
I hear guitar. I hear this beautiful deep
voice singing.
The kids spin and move.
Their hands are twisting and turning too.
They clap and stomp with the music.
I can feel the beat in the music, in the
floor, and even inside myself.

La melodía comienza de nuevo.
Escucho la guitarra, escucho una voz
profunda y hermosa cantando.
Los niños se mueven y giran.
Sus manos dan vueltas y
revolotean también.
Tocan palmas y zapatean al
ritmo de la música.
Siento el fuerte compás en el piso, en
la música e incluso dentro de mí.

After the last song, the teacher
dismisses the class.
Elena runs over to me, all flushed.
"Did you like the class?" Elena asks.
"Did I? I had no idea you could do that!
I didn't even know that there was such a thing
as THAT!" I laugh.

Tras la última canción,
la maestra deja ir a los niños.
Elena corre sonrojada.
—¿Te ha gustado mi clase?— Elena pregunta
—¿Qué si me ha gustado? ¡Me ha encantado!
Ni siquiera sabía que existía algo como
¡ESO!— contesto sonriendo.

Once we are back at Elena's house, her
mom runs upstairs and pulls out a very
old trunk from the attic.
She opens the trunk and it is filled to the
brim with beautiful dresses, fans, shawls,
tambourines, castanets, and hair pins
with flowers.
"These are all my flamenco things,"
Elena's mom says as she shows us
some of her favorites.

Cuando regresamos a casa de Elena, su
mamá sube al ático y baja un baúl, al
abrirlo, veo que está lleno de hermosos
vestidos, abanicos, mantones, panderetas,
castañuelas, flores y peinetas.
—Éstas son mis cosas de flamenco— nos
dice la mamá de Elena mientras nos
muestra algunas de sus favoritas.

And there are also so many pictures!
I grab one of the photos to take a
closer look.
It looks like a wonderful party!
"My family would always gather around
with guitars and sing, and dance,"
Elena's mom tells us.

¡Hay también muchas fotos!
Tomo una y la acerco para
mirarla de cerca.
¡Pareciera que están en una fiesta!
—Mi familia siempre se reunía
alrededor de la guitarra para
cantar y bailar —
nos cuenta la mamá de Elena.

"Let's teach Peggy a dance,"
Elena shouts.
We dress up and Elena's mom
teaches us a very fun song.
She calls it a rumba.

—Mamá, enseñémosle a Peggy un
baile— Elena exclama.
Entonces, Elena y yo nos vestimos y
su mamá nos enseña una canción
súper divertida, ella la llama
Rumba.

We are having so much fun
dancing that we almost miss my
mom ringing the doorbell.

Nos estamos divirtiendo tanto,
que casi no escuchamos a mi
mamá cuando toca el timbre de
la puerta.

Elena and I answer the door
in our pretty dresses.
"What is going on here?" My mom
says with a huge smile.
We have my mom take a seat and
put on a show for her.
Oh, the look on her face when she
sees the three of us dancing the
rumba!

Elena y yo abrimos la puerta con
nuestros hermosos vestidos puestos.
—¿Pero qué pasa aquí?— Nos
pregunta mi mamá con una
gran sonrisa.
Entonces, invitamos a mi mamá a
sentarse para hacerle un show…
¡Qué gran sorpresa se lleva cuando
nos mira a las tres bailar esa
rumba!

We say our goodbyes to
Elena and her mom.
I smile and think:
What a day this has been!
I can't believe how much I learned about
my best friend Elena and her family,
about dance and art, and about traditions.

Es tiempo de despedirse de Elena y su
mamá. Damos las gracias y pienso en lo
maravilloso que ha sido este día.
No me creo cuánto he aprendido de
mi mejor amiga y de su familia.
¡Cuánto he aprendido de arte
y de tradiciones!

My grandma always says,
"Every family has a unique
journey to share."
I now see what she means.
Every family is different, and that
is beautiful. That is what makes us
all special.

Mi abuela bien dice:
"Cada familia tiene una historia
fantástica por compartir"
...Y ahora entiendo lo que eso significa.
Cada familia es única y diferente. Esto
es lo que nos hace a todos especiales, lo
que hace a este mundo más interesante
y hermoso.

Paulina Chalita-White

Paulina Chalita-White has been dancing flamenco throughout her entire life. The two fundamental places in her flamenco journey were Las Cabales in Guadalajara Mexico and Amor de Dios in Madrid.
Paulina received her degree in Industrial Design and spent 15 years working as a designer.
A mother now, when saw her daughters' great passion for music and dance, she returned to teaching flamenco.
Paulina currently has her own dance school, located near Seattle, WA, USA.
More than 250 adults and children have already been students at her school since its founding in 2015.
She has been a key element for the teaching and promotion of flamenco in the Pacific Northwest. This work includes bringing several of the best Spanish flamenco artists to teach and perform locally, to inspire the next generation of dancers.

Paulina Chalita-White creció bailando flamenco. Los dos lugares fundamentales en su aprendizaje fueron Las Cabales en Guadalajara Mx y Amor de Dios en Madrid.
Continuó su vida, como licenciada en Diseño Industrial, ejerciendo su carrera durante 15 años, hasta que en sus hijas, vio la gran pasión por la música y la danza que ellas reflejaban al bailar…
Es ahi cuando retoma nuevamente su curso flamenco.
Paulina actualmente dirige su propia escuela de baile, ubicada en la zona urbana de Seattle, en donde ha visto pasar ya a mas de 250 alumnos en su estudio. Ella ha sido un elemento clave para la difusión y promoción del flamenco, acercando a varios de los mejores artistas flamencos españoles a la comunidad aficionada a este arte en el Noroeste de los Estados Unidos

Web: www.semillaflamenca.com
Facebook: FlamencoInRedmond

Adriana Morales Marín was born in México City and lives in the Pacific Northwest in the USA. She is a graphic designer, author, and illustrator of children books like Catrina's Day of the Dead, Big Mess Jess, Stay Home Quarantine Made Fun!, and La Llorona y El Llorón.
She has collaborated with many authors giving shape and color to their words.
Adriana lives with her husband, mom, 2 kids and 3 cats. She teaches art workshops for kids, creates all sort of things and obviously she loves to dance!

Adriana Morales Marín nació en la Ciudad de México y vive cerca de la costa del noroeste en los Estados Unidos. Es diseñadora gráfica, autora e ilustradora de libros infantiles como: El día de muertos de Catrina, Chito Cochinito, Stay Home Quarantine Made Fun! y La Llorona y El Llorón.
Así mismo ha colaborado con varios autores dando forma y color a sus palabras.
Adriana vive con su esposo, mamá, 2 hijos y 3 gatos. Imparte talleres de arte para niños, crea todo tipo de cosas y obviamente le encanta ¡Bailar!

Adriana Morales Marín

Web: www.zawizdesign.com
Facebook: Zawiz Design
Instagram: lazawiz

Based on a true story

Basado en una historia real